RAIN KUDO　　MIZU UTA TSUSHIN　　NAOKO HIGASHI

水歌通信

くどうれいん×東直子

左右社

水歌通信

目次

くどうれいん
東直子

1　雨つよくふる都市のどこかに

櫂として持つ傘とペン　どの雨のどの一粒も海へとつづく

二十九歳。この先のことがまったくわからない。自分で選び続けてきた人生であるという自覚がないまま、いつの間にか岸辺の見えない海へ漕ぎ出してしまったような途方もないきもちになる。わたしはいつから大人になったことになったんだろう。不安なときすぐに(人生)と思いたくなるけれど(人生)と思ったところでなにも解決しない。きょうを、来週を、来月を、ときどきわっと顔を覆いたくなるような不安に駆られながら、これで合ってるのかな、と思いながら働いて暮らすほかない。夕方、コーヒーを飲んでいるとつよい雨が降り始めた。外を眺める自分の顔が窓に薄く映って、その顔に水滴がいくつもついて、くっついて、流れた。

垂直のガラスを蛸があるいてる雨つよくふる都市のどこかに

意識はいつも液体と固体の間のような状態で浮いていて、そのやわらかさがいつもゆるやかに変化している。舐めてみれば、きっとなんらかの味がするのだろう。そんなことを思いながら、白くてなめらかな麺が、一人の口から一人の身体の中へつぎつぎに消えていくのをじっと見ている。箸で掬える雨のようだと思う。

柳の葉は撫でることしかできなくて小川の街でだれを愛すの

魚屋に行くために自転車で川沿いの道を通ると、そこに垂れているたくさんの柳が頬にあたる。撫でられているように感じるときと、叩かれていると感じるときとがあってきょうは前者だった。暑すぎて食欲がないと彼は言っていたけれど、鰤が安かったから買った。家に帰って蒸してポン酢で食べよう。家、というとき、わたしにとっての家はもう彼と同棲をする家なのだ。なんだか変なの。と毎回思う。もう一年も経つのに。

室外機をんをんと鳴る真夜中にひとときだけの羽がひらめく

この星には、いくつもの風が立ち寄る場所があって、そこでは風は、風であることを忘れてしばらく思考停止をしている。汗たちも額に押し留まり、停止された思考にじっと寄りそう。風が風であることを思い出すきっかけは、朝日だったり、ハモニカだったり、夕暮れのチャイムだったり、電報だったり、木霊だったり、いろいろあるらしい。

寝室にエアコンがないので、ようやく扇風機を買った。彼は安いのでいいと言ったけれどわたしは静かなのがよかったので高いのを買った。高い扇風機には「そよ風」というボタンがあり、押してみると確かに柔らかい風だった。でも、意味ないんだよね、もうちょっと涼しくないと。風は寝ている彼の腰を通ってようやくわたしに届く。盆地、と思う。

さてきみはいつまでわたしに耐えられる足で〈首振り〉ボタンを押して

アスファルトは巨大なかさぶただと、いつか教わった。だから
いずれは剝がれてなくなる。なくなったあとにはきっと、輝く
ような白くてつやつやの地表が現れるのだろうと夢想してい
るが、なかなかお目にかかれない。生まれる前に戻りたい？　っ
て、目の前にいる人が、わたしの向こう側にいる人に小さな声
で語りかけている。ちゃんと聞こえているのか、心配になる。

アスファルトの匂い伝えて消えていく雨は地中の妹になる

打ち合わせのために隣町まで行くのに、営業車が足りず電車で行くことになった。久しぶりにプラットホームで待つ。強い日差しが腕に脚に当たるのがしんどくて、三番線と四番線の間を繋ぐ渡り廊下のようなところでしばらく待っていた。三番線の方に似ている人影があって、胸がつんと痛くなった。まさか。ハギノはここにはいない。水を飲まなくちゃ。夏の不調はぜんぶ水分不足。

ばらばらに立ちつつひとりずつ蝋のように溶けゆく猛暑の駅に

ずいぶん痩せたので、なにを食べてるのか訊いたら、祭を食べていると言った。一瞬納得して、それなら仕方がないねと答えたけど、あれ、どういうことだろうとあとでけげんに思い、そして一瞬納得してしまった自分自身にも、どういうことかと少し腹が立った。腹が立つとおなかが空くが、自分への意地として、しばらく断食した。意識が水のようになり、自分で自分に腹を立てているようじゃ自分もまだまだと思い直し、自分も祭を食べて過ごしたかったのだと納得することにした。

蝶の羽のように重なる桃の果肉するするくずすつめたいパスタ

笛・太鼓・踊りの三手に分かれるとやるせなそうな人たちが笛

会社の付き合いで、彼がお祭りに出ることになったので観に行った。「リズム感がないから」という理由で踊りをするのは嫌だと言い、「リズム感がないから」という理由で太鼓を叩くのも断り、残された道が笛だったと言う。笛にもリズム感は必要でしょうに、と思いつつも、篠笛を構える彼は想像以上に様になっていた。横並びになった十数名の笛の人たちは心なしか彼と似てみなやるせない感じがした。その後に来たたくさんの太鼓の人たちはげんきではつらつとしていて、眉毛が太く、まあ、太鼓をやるような人だったらわたしは彼と交際しなかったかもしれない、という気もした。

寝不足の身体は軽い。体毛や羽毛や埃や落ち葉など、命がこぼすなんらかのものをひたすらかきあつめて取り除き、街を清潔に保っている人がいる。陽光に照り輝くビルの窓は隙間なく透明なはずだが、空と雲の姿を惜しみなく受け止めている。なにかの儀式のように。ここにいることもなんらかの儀式なんだろう。知らない人を愛することも儀式の一つ。てのひらを合わせたり、足の裏を合わせたり、身体を二つに折り畳んだり、開いたりする。

もうすこし眠っていたいと思ってた眠りやぶれて夏の熱風

まつげパーマが綺麗にかかったので「きょうのわたし、ちょっとかわいいでしょ?」と言うと、彼は「髪がいつもより丸くなってる」と言った。ふてくされながら鱈のホイル焼きとあさりの味噌汁を作り、食べ終わるくらいになって「おれも先週末髪切ってたんだけど、気づいた?」と言われる。そう言われると、もみあげのあたりが少しすっきりしたような……。ごめん、と反射的に言ってしまう。「いいよ」と、彼は少し呆れたように笑う。気にしなくていいよ、のいいよ、じゃなくて、もういいよ、の、いいよ。

褒められてそこじゃないんだけどと思う夕餉に鱈と貝買いに行く

擦れる音が音楽になる瞬間をつみかさねて心臓の形が作られたのだ。けなげな音を奏でながら、新しい音を取り入れていく。こんなに未来、こんなに過去、こんなに今、こんなに夜、こんなに同じ、こんなに熱い、こんなに違う。街の裂け目に海月が浮かんでいる。ミメイ、とわたしの名前を呼ぶ声がする。

一つ一つ模様の違う貝殻を道連れにして階段降りる

2 なんでもつがい

彼とは結婚を前提に暮らし始めた。淡々と生活をこなし、ふたりともすっかり「結婚を前提に暮らしはじめた人」になってしまったような気がするが、「マッチングアプリで出会った人」のままでいるよりはましだと信じている。マッチングアプリで出会ったとあまり言いたくないとき、悪いのはマッチングアプリではなくわたしの性格だ。たまにセックスをすることもあるけれど、出会った頃からお互いにうっとりすることをあまり求めていない。わたしはもう、うっとりすることはうんざりなのだ。わたしたちは大丈夫。そう念じるように玉ねぎを炒めてスープにした。玉ねぎは水を入れると一気に透き通る。

卓上の黒胡椒ミル、醤油さし　ふたつ並べばなんでもつがい

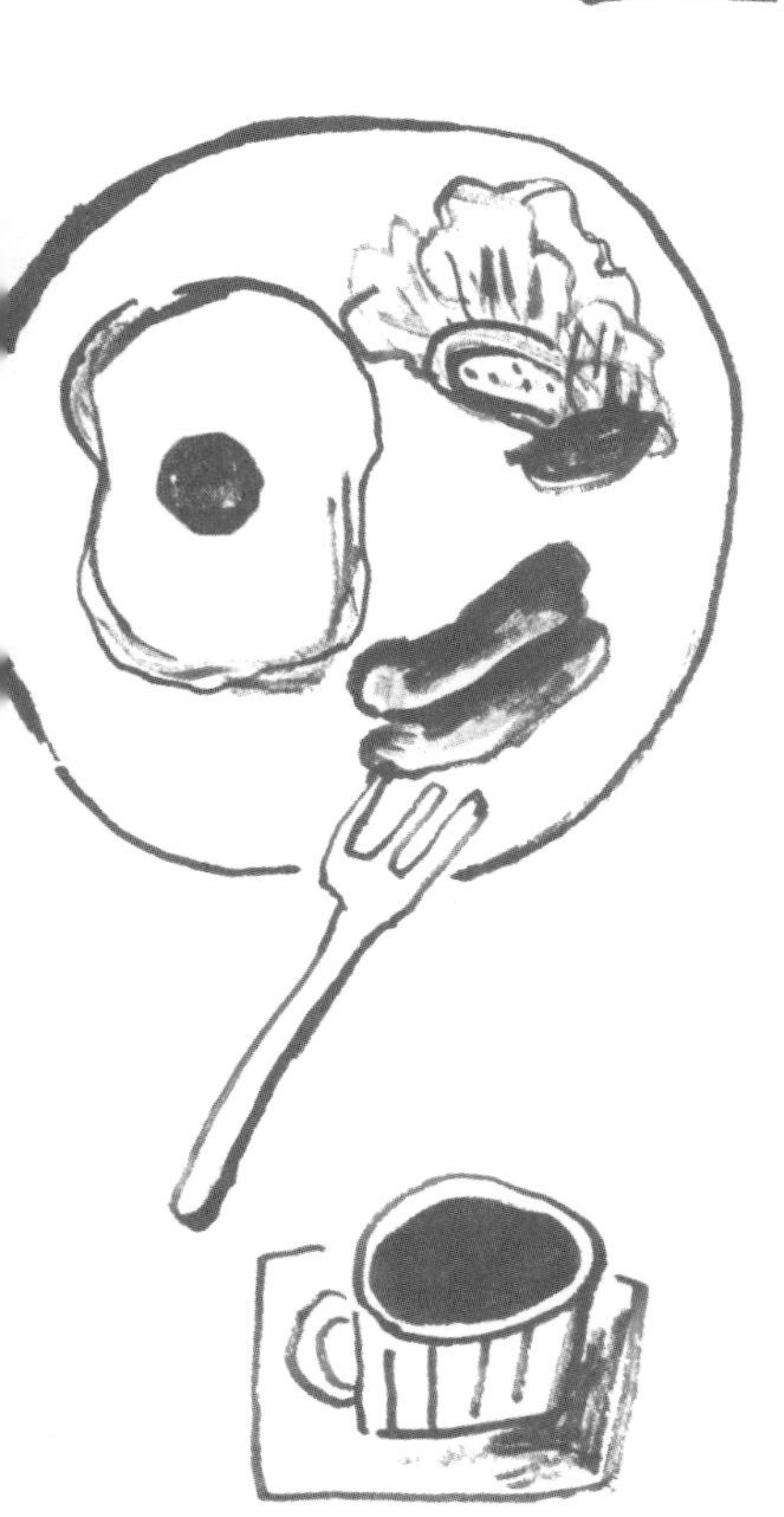

一二歳にして人間が嫌いなの、と言っていたけど、わたしのことは好きだと言ってくれたことが無上にうれしくて、二人だけの時間をずいぶん過ごした。

わたしはなにが嫌いか好きかははっきりしていなくて、骨付き肉だけが恐かった。川の水を瓶に入れて一緒に陽にかざしたことがある。よく見ると、ミジンコが泳いでいるのが見えた。ミドリムシも見えた。見える見える、と言いながら、これは好きだと思った。

下の名は忘れてしまったのだけど佐藤さん立って歌ってたこと

実家の母から夏野菜がたくさん届いた。トマト、ミニトマト、きゅうり、しそ、ピーマン、なす、バジル。冷蔵庫に移そうとすると野菜はほんのり温かかった。受け取ったと伝える電話で「ようこちゃんち、もう二人目だって」と、わたしから話し出す。「そう、若いのにね」と母は本当にどうでもよさそうにそう答えた。別に言わなくていいのに、最近母と話すと結婚したり子供がいたりする友人の話をしてしまう。結婚のことも出産のことも母から何か言われたことは一度もないのに、そういう話をしておかないと不安になってしまう自分がいる。

ピーマンと茄子が立派で握ってみる子そだてするかわからぬわたし

目を閉じて、なにかを無心で食べているときの目を思い浮かべる。たとえば子供。たとえばウサギ。たとえば鯉。たとえば熊。たとえば蝶。きっと目を据えて遠くを見ている。どんなに小さくても大きくても、おそろしいことをしているのだと改めて思う。おそろしいことをしたあとの代償として、満腹のどんよりとした重さのまま毎日眠りにつきたい。

連れて帰って刻んで食べて共に見る夢イニシャルにして縫いつける

トンネルの中通るたび（かまぼこのきもち）と思い言わないでいる

ハギノはわたしを車の助手席に乗せるときいちいち「では、大事にします」と言った。コンビニにちょっと寄っただけでも、泣きじゃくるわたしを迎えに来るときも、エンジンをかけるときは必ず。わたしは「では、大事にします」の、ます、のあたりでいつもシートベルトをがちゃん、と鳴らした。なにが「では、大事にします」だろう。大事にするっていうのは、たくさん喜ばせるってことじゃない。肝心な時にいつでも傍にいてくれることだとわたしは思っていた。

土が乾いてゆくまで話す紅葉のころにあなたがそこにいたなら

指先で念入りにととのえた土の器は、少しずつ色を変えながらゆっくり乾いていく。時間が過ぎるということが目に見える感じがいい。話すそばから、聞くそばから、言葉は蒸発するみたいに記憶から消えていく。そのかわり、魂の鬼皮みたいな断片的な記憶だけが、身体の底にゆっくりと積み重なっていく。布団みたいに。

長葱とセロリはみ出すレジ袋のわたしのことを見て　撮って　いま

この頃はハギノのことばかり考えてしまう。ハギノとは結局一緒に暮らすことができないまま別れたから、同棲にまつわるすべてのことに、もしハギノだったら、と思ってしまう自分がいる。新しいスポンジを買うときや、フローリングの一部だけぺとぺとしてなんだこれって思うときや、夕飯を食べながら見るテレビにとてもくだらないＣＭが流れたときに。ハギノといるとき、わたしはずっと笑っていた。世の中のすべてがわたしたちのためにおもしろいような気がした。ハギノのためにわたしはこんなにかわいいのだと、本気で信じることができた。

朝の雨にぬれていく人そのひとりの鞄の中の本の栞よ

水滴は人懐こい子どもみたいに、傘に、かばんに、肩に、髪にしがみついている。それぞれが一番しあわせに感じる場所をゆっくり探しながら消えていく。鞄の中にも雨の気配や音が届いている。けれどもそこは、常にあたたかく清潔で、決して雨には濡れない。読んでいたものの続きはここですよと知らせるためだけに永久に本に挟まりつづける栞も役目を果たしながら、安心して眠り続けている。わたしはときどき、いろいろな本のいろいろな栞に寄り添って眠るのが好きだ。

寝ぼけて眼鏡を壊してしまい、久々にコンタクトレンズをつけて家を出た。仕事終わりに加奈子と飲む。ハイボールが出てくると加奈子はすぐに飲み干し「文通のほうが浮気じゃんって思わない」と、質問と言うよりも肯定してほしいためのような語気で言った。新婚間もない加奈子は夫に知らない女から手紙が届いたことに憤慨しているようだった。「そんなんじゃないからって全文読ませてくれたんだけど『すっかり夏ですね。桃とパイナップルどちらが好きですか？　わたしはパイナップルです。パイナップルのほうがサングラスが似合いそう。』ってあって、きもいよ、いみわかんないそんなの、そんなのさあ、セックスされるよりいやだよ、わたし」加奈子がうなだれながら箸先のポテトサラダをめちょめちょにするのを見ていた。どちらかというとわたしはそういう手紙を送ってしまうほうだと思ったから、めちょめちょにされたポテトサラダをじっと見つめてしまう。

眼鏡踏む　レンズが枠を放たれて眼鏡もちいさな檻だと気づく

シアターで、ホールで、チケットに書かれた数字とアルファベットを頼りに、わたしは自分の席を探す。ぴったりとそれに辿りついたときは、「N3番」が、「ココヨ」と小さくささやいてくれる気がする。椅子の一つ一つでそんな出会いがある。こういう椅子ってなぜか赤い血の色をしている物が多くて、実は背中でエネルギー＋αを循環しあっているような気がする。

それぞれの血をめぐらせるあたたかい身体わたしはNの3番

「みつきぃ、あー」と彼が風呂場からわたしを呼ぶ。あー、の声色で、これは干し終わったタオルを脱衣所に持って行き忘れたのだろうとわかる。タオルを手に取って風呂場の戸の前で「タオルね」と言うと、「すごい、わかってるじゃん。やっぱおれみつきと結婚するべきだ」と言い、濡れた腕がにゅるっと出てきた。ぺたぺたに腕毛が張り付いた手は「ありがと」と言い、白いタオルを掴んで引っ込んだ。

ノートパソコン開くとき思い出すかばがすいかを割り食う動画

できたての建物に入ると未来に踏み込んだような気持ちになる。万国博覧会の会場に入った子どものような気持ち。万国博覧会の会場に入ったことはないけれど、想像はできる。たくさんのカラフルな旗が風にたなびいて、一人一人の胸には、予知夢の種がつまっている。今にも全員の髪が針のようにとがり、にぎやかに通信をはじめるだろう。

水晶体二つずつ持ちわたしたち空中回廊すいすい歩く

通勤路にはふたつの高校があって、学生たちとよくすれ違う。校庭の一辺がすっかり歩道に面しているのだが、そこは陸上部の練習場所のようで、鮮やかな練習着の学生たちを、熱帯魚を眺めるようにぼんやり見てしまう。そういえばハギノは高校生のとき陸上サークルだったらしい。脚が長いからとスカウトされたのに、絶対に走りたくないからと言ってマネージャーをしていたらしい。走りたくないけどマネージャーはしてもいいと思う気持ちは、わたしにはわからない。

熱帯魚色のシューズが世紀末色のシューズに襷をわたす

夕方からの用事のため地下鉄の駅に行くと、改札に続く階段の入り口で、タスキをかけ、髪を七三に分けたスーツの男の人がいて、「おかえりなさい」と言いながらうやうやしく頭を下げた。いえ、これから出かけるのですが、と内心でつぶやきながら階段を下りる。あの髪をつやつや光らせていたのは夕日。あの光に向けて発していた言葉だったのかもしれない。

ふさわしい服装をして曇天の隙間の夕日あびて舞台へ

3　どこにも戻るつもりはないな

四人乗りのうしろ二人が疲れていて右と左の窓を見ている

土曜。彼と彼の友人二人とわたしで海へ行った。友人はナカノさんとタジマさんと言った。三人は海釣り仲間で、彼との付き合いはわたしよりもずっと長い。「なんか夏だし海見たいかも」と、何の気なしにわたしが言うと、彼がめずらしくとてもうきうきして、それで実現した。四人で防波堤釣りをしたけれど、わたしはすぐに飽きて、干からびたひとでをつま先でひっくり返したり、持ってきていた本を読んだりして過ごした。べとついた海風に当たりながらペットボトルのお茶を飲むだけでなんだか特別でうれしかったのだが、彼は退屈させたのではないかと何度もわたしの機嫌を伺った。ちいさなアジがたくさん釣れていた。ナカノさんを家の前で降ろすと「不愛想なやつですけど、こいつのこと末永くよろしくお願いします」と言われた。

なんらかの動きをするたびに、左手の手首が痛い、と思う瞬間がある。右手がすかさずそこを包む。どこかに不具合が生じた時、手はおのずから看護師になってそっと寄りそう。そのとき別人格が手に宿る。あたたかい。やさしい。素直に感謝する。暗い窓に映っている身体には、別人格のいろいろが格納されているのだろう。

うったえている左手を右の手でつつむ対なる身体を立たせ

「こういうの早いに越したことないって言うし、そろそろ考えてもいいかなと思って」と彼が見せてきたのは結婚式場のパンフレットだった。なるほど、こんなに淡々と結婚というものは進んでいくのだろうか。結婚式をやりたいと言ったことはなかったはずで、こんなに大きな会場で、この人と、わたし、本当に。すこし混乱して「すごいね」とだけ答えてしまった。釣りに付き合ったから好感度が上がってそれで？　と、考える。夜に「ピザ取ろうか」と彼は言って、「どちらかというとお蕎麦の気分」と答え、結局冷凍うどんを食べた。

新郎が執事に見えるマネキンよパンフレットにいくつもの花

考えごとをしている間に夜になって季節も過ぎていて、救急車も通り過ぎていて、今日は（今日も？）なにもしなかった、なにもしなかったと二度思った。なにかを決めたり、選んだり、頷いたり、否定したり、するようなことはなに一つしなかった。その事実が、沈殿するヨーグルトのようにお腹の底に沈んでいる。なにかを選んでなにかを決定したと思われる関係性の人が目の前を何組も過ぎていった。

夏の終わりに夏のはじめのような風どこにも戻るつもりはないな

日付が変わるまで、ひとりでお酒を飲んだ。やけになっているつもりはないのだけれど、とにかくいまのわたしに必要なのは孤独になって考えることだと思ったのだ。わたしは結婚をする。するのか？　本当に？　これがマリッジブルーというやつなのだとしたら、それはとても不服だ。わたしの悩みはわたしだけの特別な形をしているはずなのに。キウイのカクテルと、サイドカーと、ギムレットを飲んだ。マスターが「ずいぶん赤いよ、すこし手を洗って来たら」というのでお手洗いへいくと、鏡に火照った自分の顔が映った。しらない女がそこにいるような気がした。その女はわたしと目があったまま、なにか言いたそうな顔をしている。

鏡のときのわたしはわたしだけのわたし　なにを言うためひらくくちびる

裏庭に切り株がありいす椅子になりテーブルになりひそひそと蟻

精神の死と体の死は同時とはかぎらない。切り株は、生き生きと生きていた体の大部分を切り離されてしまった状態だが、決して、すぐに死ぬわけではない。もう一度がんばるのか、終わりにするのか、一部分だけになった体でぼうぜんとしているうちにどちらかに決まっていくのだろう。むきだしになった年輪は、驚いて目を見開いてるようである。水の底から。

秋は袖　蛇も夜には眠るのにその寝返りを見たことがない

ハギノと恋をしていたときのわたしは、いまのわたしを見たら「つまんないの」と言うだろう。でも、いまのわたしはハギノと恋をしていたときのわたしに「きついっつーの」と言ってやりたい気持ちなのだ。帰り道の川沿いの茂みで物音がして、へび。と思った。姿は何も見えていないのに、たしかにへびだと思った。

小雨は縦に斜めに横にショートカットマスク少女ら窓のかなたに

百年経ったら言われるのだろうか。街中の人が全員一年中マスクをして歩いていた時代があったらしいねって。あるいはものすごく進化したマスクを全員がしているのかもしれない。百年前に生きていた人も、現在であるところの百年後のことを、うっとりと、あるいはうんざりと考えたことだろう。

うたたねをしていた。わたしのような、けれどわたしではない女と共にしらない海の家にいる夢。わたしはその女になにか言っていた。その女が何か言うことにわたしはすこし怒っているようだった。ジェットコースターが急降下するときのように、内臓が、ゆわっ、と膨らむようになって驚いて起きた。水を飲んで戻ると隣で寝ていた彼が「だいじょうぶだった」と言う。唸っていたらしい。「夢って音声がないよね」と言うと「おれの夢には音声あるよ」と言い、「でも、夢の中で歌ったことはないかもしれない」と付け足した。

きらきら星流れて洗濯機は止まる　わたしの出囃子を考える

雨はすてきだ。行きどころなく空中に浮いていた埃がしんと沈み、安らかに落ち着いているのがわかる。気持ちもそのように、落ち着くべき場所に落ち着く。もういちどふわりと起き上がる気持ちもあれば、そのまま深く深く沈んでしまう気持ちもある。それが忘れてしまうということだろうか。なにを忘れたのかを忘れているのでわからないけれども、ときどき肌にふれる天空の落とし物は、忘却そのものなのだ。

イギリス人なら気にしない雨だけど　光がにじむ道を歩いた

箸袋の〈感謝〉の文字を滲ませてきみはお冷を二度で飲み干す

職場の飲み会。気が付けばハギノのことをまた考えていた。枝豆を両手を使ってすばやく食べるのがうまかった。とにかくお冷をたくさん飲むひとだった。酔って帰り道のすべての電柱に「朝顔になりたいんだよ」と言いながらしがみついたことがあった。突然朝焼けの色を確かめたいと言って夜中の三時に起きて川沿いを歩くと言い出した。新曲ができたというその新曲が、口笛からはじまるものだった。ハギノのことを考えるとき、また付き合いたいとか、そういうきもちではないのだと思う。懐かしい曲を久しぶりに聞いて、心臓がねじれるようなそんな気持ちになる。わたしはたぶん、ハギノが恋しいのではなくてハギノといたときのわたしのことが恋しい。もしかしたらハギノと付き合っていた時も、ずっとわたしはわたしのことだけを愛しく思っていたのかもしれない。

水着を持っていなかったので裸で泳いだ、という話をしていたあなたは、なんという名前だっただろう。いつもよく日焼けしていて髪がてかっとしていて目尻の皺が印象的で、いろいろな人に好かれていて嫌われてもいてそれを気にしない人と思っていたけど、そんな人はこの世のどこにもいなかった気が、今はしている。

泳げそう10月だけど　すぐそこだすぐそこだよと翅ひからせて

ハギノは「みつきといると、くるしい」と一度だけ言った。きつねうどんのお揚げをじゃぶじゃぶと汁に浸しながら。「おれがおもしろいのはみつきのためじゃないんだよ」とハギノは言ってほほ笑んだ。あ、だめなのかも。とわかる、おしまいみたいなほほ笑みだった。わたしは、どこから何を間違ってしまったのかいまでもわからない。最初から間違っているから、正解のほうを間違っていると思ってしまっていたような、そういう恋だった。これからはおもしろくないと思うひとと、ふつうのひとと暮らそうと思った。

わたしがまともなせいであなたはへんになりへんでまともなわたしが残る

4 Choice is yours

夕方4時20分からの授業の、教室の窓の色の変化を覚えている。季節が変われば光が変わる。この星でしか生きられないわたしたちの短い一生のごくごく短い時間を一時的に切り取って四角い部屋の四角い机の上に両手を乗せていた。四角い黒板と四角い窓に守られて。

帰るころにはこんなに暗い自転する星に蒸発する水たまり

水たまりを踏んずけ笑う子であれば違う気球に乗れたでしょうか

退勤するとマンホールのところがずいぶん深い水たまりになっていて、わたしはヒールで静かにその横を通った。おそるおそる跨ぐわたしの顔が一瞬映り、それはとてもへんな顔だった。通り過ぎたあとで後ろから、ばしゃん！　と聞こえて、振り返ると親子の、四歳くらいに見える女の子が長靴の両足で飛び込んでいた。水面に残ったわたしのへんな顔がみんなぐしゃぐしゃになっていればいい。

水遊びに夢中になってそのまま水の一部になってしまうところだった。水を含んでふくらむ恐竜のたっぷり含んだ水をぎゅうぎゅう絞ったが、ふくらんでしまったなにかはもう元に戻らない。最初からそう言ってよ、と思う。

下着一枚のむくむくの子が帰らない帰るつもりはないよって夢に

夕飯に彼が炒飯を作ってくれて、お礼のように柿を剝いた。「この前の、式の話なんだけど」と彼が切り出す。「もうすこし先にしよう」「え」「おれたちはもうすこし、こういう、柿を剝くような時間が必要なのかもしれない」と彼は言った。すこし困惑したような顔だった。わたしが明るい返事をしなかったから不安にさせたのだろうか。「そういえば入ってたよこれ、あした頼もうか」と宅配ピザのチラシを差し出しながら、あ、これは取り繕っている、と思った。

柿を剝く柿は心底不安なとき手に取ることのない果物だ

キッチンの改装のときに造作してもらったのに、たいていしずかに収めたままのテーブルがある。ああここにテーブルがあったらなあと思っていたころのわたしは、レシピ本を片手で持ちながら料理をしていたのだ。ついにテーブルを手に入れたとき、レシピ本を広げるという行為をあまりしなくなっていた。望みというのはそういうものだよと伝えるかのように。

隙間から抜き出す白いテーブルに安らかさんと名前をつける

けれどわたしはこんな風にだれかとふつうに暮らすことをずっと求めてきたじゃないか！　きのうの生ごみのなかの柿の皮を見つめていてそう思った。これは恋ではない。しかし、生活であり、愛である。愛にする必要があり、わたしたちにはそれができる。そういう、妙に手ごたえのある気持ちだった。今朝彼はいつもより元気がなさそうな顔で家を出た。だから夕飯には彼の好物のあさりの酒蒸しを作ろう。これもとってつけたような取り繕いかもしれないが、わかりやすい行為を積み重ねることが愛になる日もくるのかもしれない。

Choice is yours 高く飛ぶ鳥をすべて鳶ということにして

くらげの傘が脱皮するように分離して新しいくらげが生まれる映像を見たことがある。「わたし」を分離させて、「わたし」を無数に増やすことのできるくらげは恐ろしいと思い、しかしその過程はこのうえなく美しかった。もしも空の鳥がそのようにに増えていくことができたら、やはりこのうえなく美しいと思う。

分離するくらげのように考えがとぎれとぎれてハクタカになる

彼は帰宅すると、スーツのまま玄関で「ごめん」と言った。「やっぱり結婚は無理だ」と。「十分しあわせな暮らしなはずなのに、結婚すると思い始めると、もっと別の人とのたのしい暮らしがあるんじゃないかと思ってしまう」と。わたしは驚いたり悲しんだりするよりも先に、へらへらと笑ってしまった。「ごめん、あの、すごくわかるよ」。わたしがそう言うと、彼はあきらめたような、よろこんでいるような複雑な顔をして「一旦、おなかすいた」と言ったので、ふたりで力なく笑い合った。皮肉にも、いままでわたしたちが笑い合った中でいちばん夫婦らしい笑い方だった。

酒蒸しのあさりの殻を積み上げてほら貝塚だ、ほら、大丈夫

光を透かすということを利用して、人の姿を映しだす。まったくほんとうに、なんという発明だろう。薄いフィルムはいずれ風化してまた星の一部になるだろう。時間差でいろいろな人の記憶が混ざるのは、愉快なことだと思う。過去の激しい感情を掘り返して、ときどき涙する。供養のように。

ジョナス・メカスのフィルムの真顔かさなって完成しない詩を生きている

5 必ず君のいる夏の

かわいいと言われてゆれるセーターの少しくすんだ黄のことですか

そんな言葉で纏められたくない、と思いながら、言ってほしいとも思う。わたしが連絡しないでいると、相手も連絡をくれなくなる。わたしたちはそうして宇宙を離れて周回する星の一つになって、遠くで光る星の一つになる。ときどきふいに近くで光って、まぶしい。

（むなぐらであれば）と思い泣きながら掴むセーターあまりに軽い

ハギノが大きなエコバッグに必死にたくさんのセーターを詰めている。押し込んでも、手を離すとセーターはすぐにぶわっと膨らむ。どうしてキャリーバッグや段ボールに詰めないの、と言うとハギノはあからさまにむっとした。「これぜんぶ、そもそもみつきのだよ」。と言って、エコバックも詰めていたセーターも置いて、ハギノはどこかへ歩いて行ってしまった。わたしはくやしくて、そのセーターをなんども踏んずけた。踏んずけて、踏んずけて、脚をびん、と伸ばして驚いて起きると大雨だった。

ハギノにははじめから彼女がいた。はじめからいて、ずっといた。衣替えをした日、セーターを畳みながら、ハギノのことをすきでいる自分のことが、ふいに、本当にくだらないことに思えた。その日のうちに電話をして、わたしから別れを切り出した。ハギノは「そっかー」とだけ言った。「そう」と言って切った。それで終わりになった。

手に入れるのがこわいのに手に入らないのもいやで月がまぶしい

「欲しいかもしれない」と八千円のミラーボールの通販ページを見せると「そんなの買ってどうするの、まぶしいだけじゃん」と彼は眉を下げた。まぶしいだけ。そっか。そうだよ。そうだけど。本気で欲しいわけではなかったけれど、本当に欲しかったような気がしてきた。特に何の意味もなかったとしても、わたしは、まぶしいだけでうれしいのに。ハギノなら、と、一瞬思いそうになったけれど、「買おう」と言ってミラーボールがわたしのものになっても、ハギノはわたしのものにはなってくれなかった。

ひとつながりの骨のある人並び立たせエスカレーターひとつながりの

エスカレーターに立っているときの時間は人生にカウントされないけれど、外側から眺めると、すべてがよく見えておもしろい。上にたどりついたら関所のようにインタビュアーがいて、目的を訊かれたりするのだろう。

すけすけのエレベーターに乗るときは無口になるよ透けたくなくて

金曜の朝、出勤する前に彼は「たまには夕飯を外で食べよう」と言った。驚いて顔を見ても彼とうまく目が合わなかった。ぼんやりと(もしかしてふられるのかもしれないな)と思った。それは仕方ないことのような気がしたけれど、あっけらかんと、とてもいやだった。

合流して十四階のレストランにたどり着くまでの間、わたしたちふたりしか乗っていないのに、おたがいエレベーターの中で黙っていた。降りると彼は深く息を吐いて「高いとこ、おれ、こわいかもしれない」と言ってへなへなと笑うので、「どうする? 風が吹いたらビルがぽきっと折れちゃうかもよ」と脅した。きっとこの後ふられたら、わたしはこのビルの前を通るたびにぽきっと折れるところを想像するのだろう。

摩擦のない世界の数字解いている時の背後霊はしずかだ

高いところ無理かも、と彼が本気でこわがるので、わたしが窓の外の見える席に座った。サーモンとディルのサラダを食べながら、彼は何か言いたそうに何度も椅子に腰かけなおしている。わたしは彼の後ろの窓を見ていてそこから目を離せなかった。夜空の映る濃紺の窓に、丸まった彼の背から顔を出すようにわたしが映っていた。それは背後霊のようだった。まばたきをすると、その背後霊もまばたきをする。その様子が、妙にかわいらしくおかしかった。わたしは妙に、とても納得した顔でそこに座っていた。背後霊みたい、と言おうとして「しゅごれい」とわたしは言った。

百年後霊になるなら二十九のすがたやさしくゆがみはじめて

「しゅごれい」と言い出したわたしに、サーモンをフォークで突き刺したまま彼は硬直した。「なに、守護霊？」「うん、守護霊」。きょとんとする彼の顔がどうしようもなく愛しいと思った。急に、猛烈に、愛しかった。「わたし、あなたの守護霊でいるの、得意かもしれない」そう言うと、彼は目を大きく丸く開いて「じゃあ、結婚、してくれるってこと？」とゆっくり言った。「えっ」わたしが驚いてテーブルの上の両手をグーにすると、「結婚しませんか」とその両手を彼は手のひらで包んだ。

愛ならばひかりより言葉がはやくその言葉よりはやいてのひら

春の日、髪が焼けまして、夏の日、瞳が燃えまして。
（ひとりごとは、胸の中で終わらせなさい）
朝になっても起き上がらず、空には月が消え残っていました。

ふりむけば必ずきみのいる夏の夜の街路樹数えきれない

「前向きにあきらめようと思うんだ」と彼は言った。マッチングアプリで出会った人と結婚すると思うと、もっと情熱的な恋愛の先に結婚していた人生のことを考えてしまうけれど、いまが一番しあわせだということを信じたい、みつきとならそれができるような気がしている、と。わたしは大きく息を吸って「しつれいなやつ」と言って笑った。それは「結婚してもいいよ」という意味だった。「しつれい！」もう一度言って眉間にくっと力を入れると、彼は口をがばっと開いて「あーっはっは」と笑った。彼がそんなふうに笑うのをわたしは初めて見た。なんだか、わたしがおもしろいことを言ったような気がして悪くなかった。

前向きにあきらめる。広い歩道をふたりで歩きながら、わたしは彼にはじめてハギノの話をした。ハギノのことで思い出せることはすべて。「おもしろいけど、つまらないやつじゃない」と彼はさっぱり言った。「おもしろいけど、つまらないやつだった」と、わたしも言った。言ってみてはじめて、本当につまらなかったような気がした。

座布団の綻び窪みお運びをいただきました身体の気配

落語が好きでしたが、どんな話だったのか一つも覚えていなかったようです。その世界の中の町人の一人として、幻の時の心を波たたせては戻ってくるのが好きだったみたいです。ええ、いい笑顔でしたよ。満足していたと思います。どうですか、あなたも。

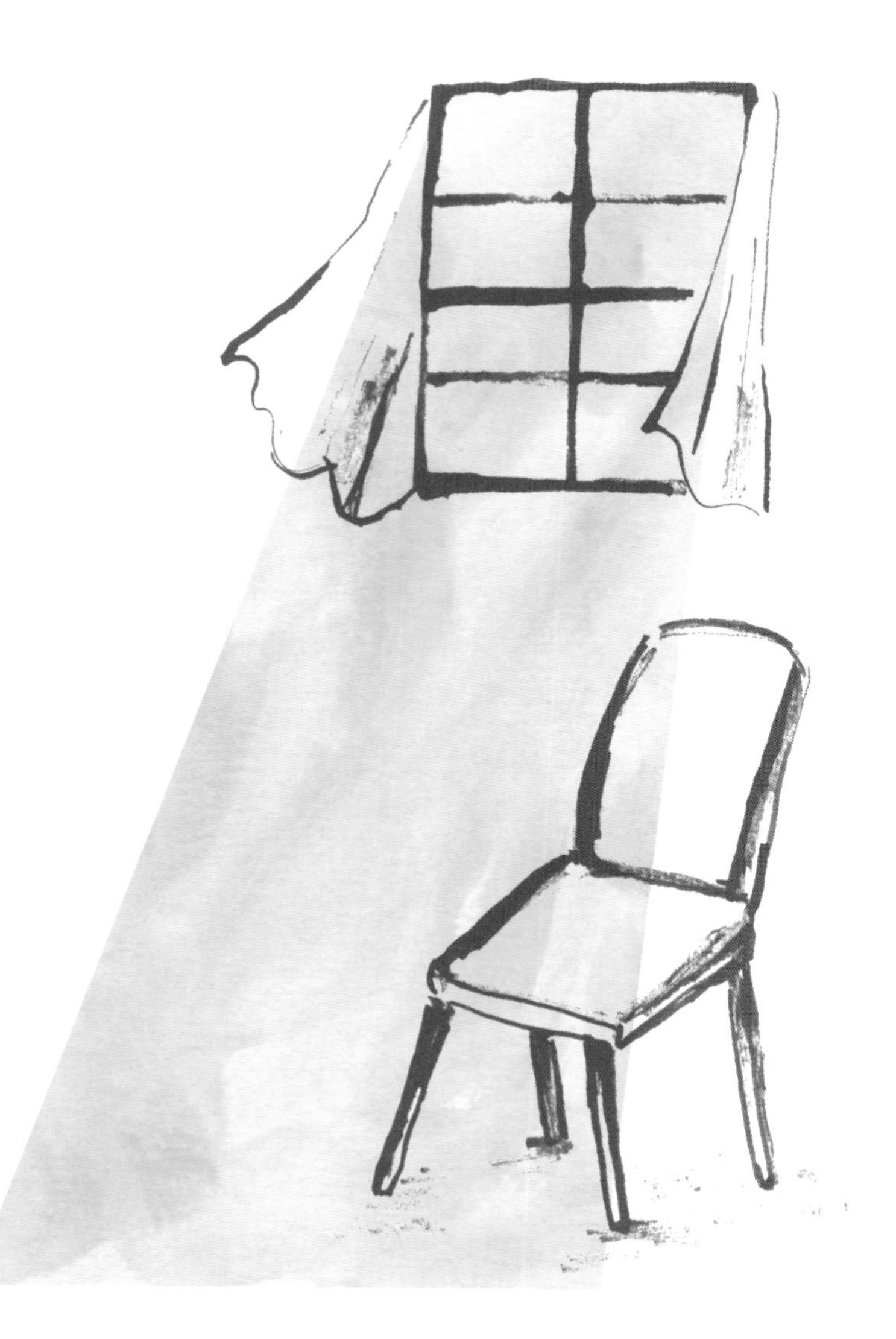

電車を乗り継いで温泉に行くことにした。わたしたちはマッチングアプリの趣味の欄にお互い「温泉」と書いていたから出会ったのだ。はじめて会った日「温泉お好きなんですか」と言う彼に、婚活に疲れ果てていたわたしは「そんなに好きではないんです、そう書いておけば地味な人と出会えるかと思って」と答えた。今思えばわたしのほうが十分にしつれいなやつだった。「いま出会えたじゃないですか、ぼく、地味ですよ」と彼はあのとき笑ったのだ。出会えたじゃないですか。その、やけに満ち足りた笑顔にいま思えばわたしだって前向きにあきらめたのだ。緑色の森林を潜るように長く電車に揺られていると各駅停車には読めない駅ばかりがあって、わたしたちはその駅の読み方をでたらめに言い合って笑った。

読める駅読めない駅をひとつずつ過ぎておおきな森へと向かう

エピローグ

わたしは夕方がいいな、とあのこは言った。どのあたりの、どのタイミングで接地できるか、なかなかコントロールはできないのだけれど、希望を抱くことは自由だ。夕方がいいとあのこが言うところの夕方の範囲をばくぜんと思った。案外どんな時間でも夕方の風情というものは漂っていて、それはそれでしあわせな瞬間になるんじゃないのかな、とわたしは言った。いいかげん、と即座に笑われた。わたしは確かにいいかげんなので、そう言われてうれしかった。いいかげんの夕方をめざして、あのこは飛んだ。

みえるみえる滴がみえる唇がうすくうごいて庭が開いた

あなたは？　と問いかけられてはっとする。あなたは氷を入れますか。いえ、いりません。反射的に答えて指先をそろえた。氷のないつめたい水が運ばれてくる。ガラスコップに閉じ込められた透明な水ごしに名前を告げる。生まれる前は水で、生まれたあとは土。そして生まれる前の水になる。泥の中に沈むようにひとりのひとの声を意味を捉えないままに浴びている。嵐の前の水のようなものになって、ただただふるえる水面になって。

うすいまぶたのような花びら掬いあげ掬いあげつつゆくつむじ風

選ばなかったわたしを、わたしの風景の中に立たせた。風景の中のわたしは立つことが得意。得意というより、それしかできない。棒立ちになって自ら噴水になる。わたしの時間は戻らない。

水鏡につまさきふれるコーラスを重ねるように輪と葉と羽虫

くどうれいん
歌人・作家。1994年生まれ。岩手県盛岡市出身・在住。著書に、第165回芥川賞候補作となった小説「氷柱の声」、エッセイ集「わたしを空腹にしないほうがいい」「虎のたましい人魚の涙」「桃を煮るひと」、歌集「水中で口笛」、第72回小学館児童出版文化賞候補作となった絵本「あんまりすてきだったから」などがある。

東直子(ひがし・なおこ)
歌人・作家。1996年歌壇賞受賞。2016年「いとの森の家」で第31回坪田譲治文学賞受賞。歌集に「春原さんのリコーダー」「青卵」など。小説に「とりつくしま」「さようなら窓」「階段にパレット」ほか。歌書に「短歌の時間」「現代短歌版百人一首」、エッセイ集に「千年ごはん」「愛のうた」「一緒に生きる」など。近著に短編集「ひとっこひとり」。

水歌通信

二〇二三年十二月十四日　第一刷発行
二〇二三年十二月二十五日　第二刷発行

著者　くどうれいん
　　　東直子

イラスト　植松しんこ
装幀　北野亜弓（calamar）

発行者　小柳学
発行所　株式会社左右社
東京都渋谷区千駄ヶ谷三丁目五五-一二ヴィラパルテノンB1
TEL　〇三-五七八六-六〇三〇
FAX　〇三-五七八六-六〇三二
https://www.sayusha.com

印刷所　創栄図書印刷株式会社

　ISBN978-4-86528-394-5